TABLEAUX ANCIENS

OBJETS D'ART

ET D'AMEUBLEMENT

Porcelaines, Tapisseries

Provenant de la Collection de M. X...

Charles Ephrussi

TABLEAUX ANCIENS

OBJETS D'ART

ET D'AMEUBLEMENT

Porcelaines — Tapisseries

Provenant de la Collection de M. X...

CONDITIONS DE LA VENTE

Elle sera faite au comptant.

Les acquéreurs paieront *dix pour cent* en sus des enchères.

L'exposition permettant au public de se rendre compte de l'état et de la nature des objets, aucune réclamation ne sera admise une fois l'adjudication prononcée.

Paris. — Imp. Georges Petit, 12, rue Godot-de-Mauroi. — 21435-11.

CATALOGUE

DES

Tableaux Anciens

ŒUVRES DE

L. BOILLY, J.-B. HUET, J.-B. PATER, SCHALL, F. SNYDERS
Mme VIGÉE-LEBRUN, PH. WOUWERMAN, ETC.

Pastel de John RUSSELL — Gravures de DEBUCOURT

OBJETS D'ART

ET D'AMEUBLEMENT

DES XVIIe ET XVIIIe SIÈCLES

ET AUTRES

Porcelaines de Saxe et de Sèvres

Importantes Potiches en ancienne Porcelaine de Chine

Miniature par HALL

PENDULES, BRONZES, MEUBLES

Tapisseries de Beauvais - Tapis de la Savonnerie

Provenant de la Collection de M. X...

ET DONT LA VENTE AURA LIEU A PARIS

GALERIE GEORGES PETIT

8, RUE DE SÈZE, 8

Le Lundi 22 Mai 1911, à 2 heures

COMMISSAIRE-PRISEUR

Me HENRI BAUDOIN, Successeur de Me PAUL CHEVALLIER

10, rue Grange-Batelière, 10

EXPERTS

Pour les Tableaux :	*Pour les Objets d'art :*
M. JULES FÉRAL	**MM. MANNHEIM**
7, rue Saint-Georges, 7	7, rue Saint-Georges, 7

EXPOSITIONS

PARTICULIÈRE : *Le Samedi 20 Mai 1911, de 1 h. 1/2 à 6 heures.*
PUBLIQUE : *Le Dimanche 21 Mai 1911, de 1 h. 1/2 à 6 heures.*

Gravures — Pastel

DEBUCOURT (Louis-Philibert)

Paris, 1755-1832.

— *La Promenade de la Galerie du Palais-Royal* (1787).

2 — *La Promenade du Jardin du Palais-Royal* (1787).

Cette dernière pièce, qui compte toujours dans l'œuvre de Debucourt, est en vérité de Desrais.

Petites marges laissant voir le haut des titres.

Gravures imprimées en couleur.

RUSSELL (John)

Guilford, 1744-1806.

3 — *La Jeune artiste.*

Une jeune fille vêtue de mousseline blanche, les cheveux châtains, bouclés, aux longues mèches retenues sur la tête par un voile enroulé, est représentée de profil à gauche, les yeux baissés sur une feuille de papier posée sur un pupitre, dessinant à l'aquarelle une branche de rose.

Pastel.

Haut., 60 cent.; larg., 45 cent.

Tableaux Anciens

BOILLY (Louis-Léopold)

La Bassée, 1761-1845.

4 — *Le Dîner.*

C'est une curieuse représentation d'un intérieur bourgeois au commencement du XIXe siècle.

Dans une salle à manger, autour d'une table couverte d'une nappe blanche et où le dessert est servi, trois personnages sont réunis; le père de famille en redingote marron s'est endormi, le corps pesant sur sa chaise. Une jeune fille assise à gauche, et accoudée sur la table, vêtue d'une robe de soie jaune, un turban de même couleur roulé sur ses cheveux bruns, lit un feuillet qu'elle tient à la main, en suivant les indications d'une autre jeune femme debout penchée près d'elle et portant une robe rouge. Une lampe pendue au plafond éclaire vivement cette scène.

A gauche, un poêle de faïence dans une niche; à droite, un meuble d'acajou orné de deux bustes et d'un chien sculptés. On a posé sur ce meuble une bougie allumée. Le sol est dallé de carreaux blancs et noirs, les murs tendus d'étoffe verte sont garnis de dessins de Boilly ou de gravures.

Les fenêtres de la pièce sont ouvertes sur une cour où l'on remarque la lumière d'une soirée d'été.

Toile. Haut., 63 cent.; larg., 90 cent.

HUET (JEAN-BAPTISTE)

Paris, 1745-1811.

5 — *La Petite fille au chapeau.*

Une fillette blonde, les yeux bruns, le visage souriant, est représentée presque de face, en buste, veste de soie brochée, une ruche de mousseline autour du cou, coiffée d'un chapeau de feutre noir garni de satin blanc et d'un volumineux panache de plumes blanches et noires.

Signé à droite et daté : *1780*.

Toile. Haut., 55 cent.; larg., 45 cent.

JOLLAIN (PIERRE)

Paris, 1720-(?)

6 — *Thétis et Protée.*

Composition décorative.

Toile. Haut., 1 m. 12; larg., 1 m. 38.

Encadrement de bois sculpté et doré sur fond de panneau gris.

LEBRUN (Mme É.-L. VIGÉE)

Paris, 1755-1842.

7 — *Portrait du chanteur Cailleau.*

Debout, vu à mi-corps, tourné vers la gauche, le visage coloré et comme illuminé d'un sourire spirituel, coiffé d'un large chapeau de feutre posé de côté sur la tête enveloppée d'un foulard blanc, une cravate à raies rouges lâchement nouée autour du col de la chemise souple, il est vêtu d'un habit de chasse vert à boutons de métal, parements de velours rouge, une sacoche pendant sur le côté à une courroie en bandoulière, et tient de ses deux mains gantées de peau souple un fusil dont il appuie le canon bleui sur son épaule.

Fond de ciel.

Toile. Haut., 92 cent.; larg., 72 cent.

Nous extrayons, des souvenirs de Mme Vigée-Lebrun, les lignes suivantes :

« *Un des acteurs les plus aimés du public était Cailleau; il a quitté le théâtre lorsque j'étais encore fort jeune; je l'ai pourtant vu jouer deux fois dans* Annette et Lubin. *Sa belle physionomie, si gaie, si animée, et sa superbe voix, seraient restées dans ma mémoire, lors même que je n'aurais pas eu plus tard le plaisir de jouer la comédie avec lui en société.* »

« *Outre son grand talent, Cailleau avait beaucoup d'esprit; il était charmant en société, où sa gaîte si franche amenait la joie; il racontait à merveille, et chez le comte de Vaudreuil, à Gennevilliers, il rendait les cercles et les repas tout à fait amusants, tantôt par une anecdote piquante, tantôt en nous chantant, avec sa belle voix, les romances et les chansons qui se faisaient alors. Comme il était grand chasseur, on le mettait de toutes les parties de chasse. Le comte de Vaudreuil, pour lequel il avait été si aimable, lui fit donner par Monseigneur le Comte d'Artois un petit castel, nommé le Belloi, qui se trouve au bout de la terrasse de Saint-Germain, et qui avait un fort joli jardin.*

» *Cailleau vivait là le plus heureux des hommes avec sa femme et son enfant. J'ai été passer quelques jours chez lui, et, dans son bonheur, il me rappelait exactement ce Lubin, dont je lui ai vu si bien jouer le rôle. M. le Comte d'Artois, en lui faisant don du petit castel, l'avait nommé capitaine des chasses de tout l'arrondissement. Il en portait l'uniforme, et c'est avec cet habit que je l'ai peint, tenant son fusil sur l'épaule. Sa belle et riante physionomie m'inspirait au point que j'ai fait ce portrait en une séance.* »

(2500)

1*

PATER (Jean-Baptiste)

Valenciennes, 1696-1736.

PENDANT DU SUIVANT

8 — *L'Invitation à la danse.*

Un gentilhomme se penche vers une dame assise sur le gazon et lui prend la main pour l'inviter à danser; la jeune femme en jupe bleue porte une robe de satin rose drapée autour d'elle.

Au pied d'un arbre qui cache en partie une fontaine en pierre formée d'un dieu marin, plusieurs personnages se reposent. Une jeune femme en jupe blanche, corsage rose, est accoudée sur l'épaule d'un mezzetin coiffé d'un toquet noir et vêtu d'un habit rouge orange, offrant une pomme à la belle. Près d'eux, une autre jeune femme en toilette verte et un musicien debout jouant de la flûte. A gauche, une fillette caresse un chien.

Toile. Haut., 45 cent.; larg., 55 cent.

Cadre en bois sculpté.

PATER (Jean-Baptiste)

PENDANT DU PRÉCÉDENT

9 — *La Sérénade.*

Un mezzetin en veste rouge, culotte jaune, est assis sur un banc, couvert d'un manteau de couleur amarante, et il pince du luth en regardant obstinément une jeune femme dont la robe rose est en partie couverte d'un manteau rayé, prenant des fleurs dans une corbeille offerte par un page en habit vert. Entre eux, un petit chien est assis et, derrière le banc, une fillette écoute la sérénade. A droite, une jeune femme en robe verte décolletée s'est laissé prendre la taille par un jeune homme en habit rouge, étendu près d'elle.

Plus loin, une autre jeune femme en corsage violet est vue à mi-corps. Derrière ces personnages, un buste de pierre s'élève sur un socle dans un bouquet d'arbres.

A gauche, la campagne s'étend à l'horizon, et l'on remarque dans une vallée un village dominé par la tour d'une église.

Toile. Haut., 45 cent.; larg., 55 cent.

Cadre en bois sculpté.

SCHALL (Frédéric-Jean)

École française, xviiie siècle.

10 — *Le Repos dans le parc.*

Une jeune femme est assise sur un banc de pierre et accoudée sur un socle, près d'un buisson de roses; sa haute coiffure est couverte d'un voile de gaze tombant autour du visage et noué sur le cou. Sa robe de satin jaune décolletée, drapée autour d'elle, est ornée d'un bouquet de fleurs au corsage et d'une longue écharpe de satin bleu; un fichu de mousseline est posé sur ses genoux croisés, son jupon bordé de mousseline est relevé sur les jambes aux chevilles fines, les pieds sont chaussés de mules blanches à nœuds de ruban bleu.

Bois. Haut., 32 cent.; larg., 24 cent.

SCHALL (Frédéric-Jean)

11 — *La Promenade.*

Vers la fin d'une journée d'automne, une jeune femme se promène dans un parc; elle s'est arrêtée devant un banc de pierre presque couvert par un buisson de roses. En robe blanche à paniers, un châle noir sur les épaules, découvrant cependant la poitrine décolletée, une ceinture rose nouée autour de la taille, elle tient d'une main un éventail, et de l'autre main elle soulève un voile de gaze qui couvre ses cheveux châtain clair. Des perles pendent à ses oreilles, une ruche plissée est autour de son cou, et sur sa robe on remarque à la taille une breloque d'or. Les pieds, chaussés de bas blancs, sont étroitement serrés dans des mules roses.

Toile. Haut., 33 cent.; larg., 24 cent.

SNYDERS (François)

Anvers, 1579-1657.

12 — *Chiens gardant du gibier mort.*

On a réuni sur un tertre : un daguet renversé sur le dos, une biche, un faon et un marcassin. A gauche, un peu plus en arrière, des grands chiens de meute sont assis ; l'un d'eux aboie A droite et au premier plan, deux autres chiens, dont l'un est couché et dort.

Au centre, sur le sol, un sac de peau blanche garni de passementeries noires.

Toile. Haut., 1 m. 35 ; larg., 2 m. 08.

WOUWERMAN (Philippe)

Harlem, 1619-1668.

13 — *Halte de chasseurs.*

Cette toile capitale nous transporte au sein d'un paysage pittoresque.

A gauche, s'élèvent des rochers couverts de massifs d'arbres et de broussailles que domine un vieux château à la tour crénelée rappelant les temps féodaux.

De ces rochers, un chemin descend en tournant vers un point où est établi un bac destiné au passage de la rivière, qui occupe en grande partie la droite. Au bord de cette rivière au cours silencieux et tranquille, on voit plusieurs groupes remarquables.

En haut du chemin, un muletier chasse devant lui sa mule pesamment chargée ; non loin de là, au pied d'une roche que contourne le chemin, un villageois est assis auprès d'une villageoise à qui un muletier monté sur sa mule adresse en passant quelques paroles.

Plus bas, une jeune fille porte sur son dos une

hotte pleine de linge et tient par la main un petit garçon ; plus bas encore et à gauche, sont deux chartreux, dont l'un, à la barbe vénérable, à la mine ascétique, est debout ; l'autre, assis sur une pierre, attache ses sandales.

Enfin, au bord de l'eau, une noble châtelaine richement vêtue, montée sur sa haquenée à robe grise, semble regarder avec quelque attention une villageoise qui, les jambes dans l'eau, ramène à la rive une partie de lessive qu'elle porte sur sa tête, et dont le reste est encore dans l'eau, près d'un chien qui se désaltère.

Une autre villageoise apporte un seau plein d'eau, pour donner à boire au beau cheval alezan que monte le seigneur ; celui-ci, ayant la tête couverte d'un feutre orné d'une plume, un manteau rouge jeté sur ses épaules, porte fièrement, auprès de sa dame, le faucon destiné à la chasse.

Un valet fait boire sa monture, qu'il retient par la bride.

Dans les eaux paisibles de la rivière, s'ébattent quelques baigneurs, et non loin d'eux sont des blanchisseuses occupées à laver du linge.

A l'extrême droite, on voit le bac, ou bateau du gué, qui se dirige vers la gauche, pour y prendre les nouveaux arrivés.

Le ciel, sillonné de légers nuages, laisse se répandre avec harmonie la lumière sur la droite du tableau, formée par des collines s'étendant au loin à l'horizon et çà et là couvertes et embellies de bouquets d'arbres rendus avec la plus grande délicatesse.

Toile. Haut., 65 cent.; larg., 80 cent.

Décrit dans le catalogue raisonné de Smith, t. IX, p. 227, n° 258.

Collection P. V. Doncker, de Bruxelles, 1798.
Collection Van Sasseghem, de Gand, 1851.
Collection Patureau, d'Angers, 1857.

ÉCOLE FRANÇAISE

XVIIIe siècle.

DEUX PENDANTS

14 — *Vertumne et Pomone.*

15 — *Léda et le cygne.*

Compositions décoratives en camaïeu rose.

Toiles marouflées.
Haut., 1 m. 15 ; larg., 1 m. 38.

Encadrements de bois sculpté sur fond de panneau gris.

Objets d'art & d'Ameublement

PORCELAINES VARIÉES

16 — Tasse droite et sa soucoupe en ancienne porcelaine dure, émaillée jaune avec initiale et bordure dorée.

Haut., 5 cent.

17 — Tasse droite et sa soucoupe en porcelaine tendre : enfant dans la campagne; fond bleu.

Haut., 6 cent.

18 — Petit plateau ovale en porcelaine tendre, décoré d'un paysage; bordure bleu turquoise.

Larg., 17 cent.

19 — Deux salières triples à anses surélevées, en ancienne porcelaine tendre de Tournai, décorées par une zone bleue, interrompue par des réserves contenant des oiseaux.

Haut., 11 cent.

20 — Quatre assiettes variées, en porcelaine de Vienne, présentant des sujets mythologiques et allégoriques ; rehauts de dorure.

Diam., 24 cent.

PORCELAINES DE SAXE

21 — Statuette en ancienne porcelaine de Saxe : Thésée debout, armé à l'antique, ayant auprès de lui Cerbère.

Haut., 22 cent.

22 — Quatre statuettes en ancienne porcelaine de Saxe : les saisons, figurées par deux hommes et deux femmes debout, accompagnés chacun d'un enfant nu. Ces divers personnages portent chacun les attributs des saisons qu'ils représentent.

Haut., 27 cent.

23 — Deux statuettes en ancienne porcelaine de Saxe : jeune femme vêtue à l'orientale debout, jouant de la vielle et portant une lanterne sur le dos ; Chinois également debout, jouant de la guitare et portant sur le dos une boite d'orviétan.

Haut., 32 cent.

24 — Deux chats assis, l'un tenant une souris dans la gueule, l'autre se grattant le museau. Terrasses fleuries. Ancienne porcelaine de Saxe.

Haut., 18 et 20 cent.

25 — Service a dessert, composé de trente cuillers armoriées en argent doré et de trente fourchettes et trente couteaux en argent doré avec manches d'ancienne porcelaine de Saxe, à décor d'oiseaux sur des arbustes.

Longueur d'un couteau, 23 cent.

26 — Pendule en ancienne porcelaine de Saxe, en forme de vase-applique, à couvercle fixe à rocailles, et sur base élevée. Elle est décorée de sujets chinois polychromes et de rinceaux en dorure, ainsi que de deux figures de satyres en ronde bosse. Elle est couronnée d'une statuette de Chinois accroupi et est supportée par une base en bronze doré. Cadran signé : *Masson, à Paris.*

Haut., 53 cent.

27 — Deux candélabres à trois lumières, en ancienne porcelaine de Saxe, décorés chacun d'une statuette de divinité mythologique : Diane pour l'un, accompagnée de deux chiens; Vénus pour l'autre, caressant l'Amour. Elles sont assises sur un tertre, au pied d'un arbuste fleuri dont les branches se terminent en porte-lumières.

Haut., 32 cent.

28 — Deux grands candélabres à cinq lumières, en ancienne porcelaine de Saxe, composés chacun d'une statuette de femme drapée à l'antique, placée au milieu des branches porte-lumières et assise sur une base élevée ornée de deux écussons d'armoiries tenus chacun par un amour. Rehauts de dorure.

Haut., 64 cent.

29 — SURTOUT DE TABLE en ancienne porcelaine de Saxe, composé d'une corbeille, de quatre grands supports pour bouts de table et de quatre petits supports d'entre-deux. Ces pièces sont formées de rocailles chargées de fraises et de cerises, ainsi que de fleurs en ronde bosse, et sont décorées, en outre, de huit figurines mobiles : divinités, figures allégoriques et amours.

Hauteur de la corbeille, 54 cent.

PORCELAINES

de Vincennes et de Sèvres.

30 — DEUX VASES en ancienne porcelaine tendre de Vincennes, décorés de fleurettes en couleur et en dorure, avec branchages fleuris en relief. Anses volutes dorées.

Haut., 19 cent.

31 — DEUX VASES en ancienne porcelaine tendre de Vincennes, décorés chacun de branchages fleuris en relief, dont les prolongements repliés en volutes forment les anses du vase. Collerettes dorées. Bases en bronze.

Haut., 24 cent.

32 — PLAT rond à bords lobés, en ancienne porcelaine tendre de Sèvres, à décor de fleurs semées, avec hachures bleues au marli.

Diam., 29 cent.

33 — Sucrier ovale sur plateau fixe et avec couvercle, en ancienne porcelaine tendre de Sèvres, décor de fleurs et filets bleus.

Larg., 24 cent.

34 — Deux compotiers ronds en ancienne porcelaine tendre de Sèvres, décor de fleurs ; bordures à filets bleus.

Diam., 21 cent.

35 — Deux compotiers ovales, même porcelaine, décor de fleurs ; bordures à filets bleus.

Larg., 28 cent.

36 — Petit plateau ovale en ancienne porcelaine tendre de Sèvres, modèle dit feuille de chou.

Larg., 25 cent.

37 — Compotier rond, même porcelaine, modèle dit feuille de chou.

Diam., 22 cent.

38 — Cabaret-solitaire en ancienne porcelaine tendre de Sèvres, à décor dit feuille de chou. Il se compose d'une théière et d'un sucrier avec couvercles, d'un pot à lait, d'une tasse avec soucoupe et d'un plateau.

Largeur du plateau, 28 cent.

39 — Dix assiettes en ancienne porcelaine tendre de Sèvres : bouquet de fleurs et fruits au fond ; marli émaillé bleu, chargé de filets dorés ondulés et interrompu par trois réserves à fleurs.

Diam., 24 cent.

40 — Service en ancienne porcelaine tendre de Sèvres, décoré, sur fond bleu de roi, de réserves contenant des médaillons simulant des camées, des guirlandes de fleurs, des bouquets et des écussons aux armes des Hope de Craighall, d'Écosse, avec leur devise *At spes infracta*. Il se compose de deux rafraîchissoirs avec doubles fonds et couvercles, de deux cache-pots, d'une verrière, de quatre confituriers à deux et trois récipients, de deux sucriers, de quatre coupes, quatre compotiers ronds, quatre compotiers carrés, quatre compotiers ovales, quatre compotiers coquilles, et soixante-sept serviettes. Ces pièces portent des numéros d'inventaire.

Hauteur d'un rafraîchissoir, 20 cent.

41 — Cent quatre assiettes plates, en ancienne porcelaine tendre de Sèvres, à décor de fleurs semées, avec rocailles en bleu au marli.

Diam., 21 cent.

PORCELAINES DE CHINE

42 — Deux cache-pots en ancienne porcelaine de Chine, époque Kang-hi, décorés de compartiments contenant des arbustes en fleurs, des oiseaux et des insectes. Ils sont munis d'une monture avec anses à rocailles, en bronze doré du temps de Louis XV.

Haut., 19 cent.

43 — Cache-pot en ancienne porcelaine de Chine, décoré de deux grands compartiments contenant des branches fleuries et des oiseaux ainsi que des ustensiles, en camaïeu bleu. Ces compartiments sont séparés par des bandes dorées chargées de branches fleuries.

Haut., 18 cent.; diam., 23 cent.

44 — Petite vasque en ancienne porcelaine de Chine, décorée extérieurement d'un paysage montagneux avec habitations animées de quelques personnages. A l'intérieur, des poissons.

Haut., 17 cent.; diam., 34 cent.

45 — Grande vasque ronde évasée, en ancienne porcelaine de Chine, époque Kang-hi, à décor de plantes aquatiques. arbustes en fleurs, rochers, oiseaux et insectes, avec petits lambrequins à la bordure.

Haut., 47 cent.; diam., 51 cent.

46 — Garniture de cinq pièces : trois potiches ovoïdes avec couvercles et deux cornets, en ancienne porcelaine de Chine, époque Kang-hi; le décor consiste en grands compartiments contenant des habitations et des personnages, et disposés au-dessus d'un lambrequin. Ces compartiments sont séparés par des bandes étroites chargées de fruits et de feuilles. Les bordures et épaulements sont ornés de quadrillés et de carrelages, et les

couvercles, d'ustensiles, d'arbustes, de lambrequins et de carrelages. Ces pièces sont munies de bases, de collerettes ajourées et de boutons de couvercles, à rocailles, coquilles et troncs d'arbres, en bronze doré du temps de Louis XV.

Hauteur d'une potiche, 67 cent.
Hauteur d'un cornet, 52 cent.

47 — Deux très grandes potiches avec leurs couvercles en ancienne porcelaine de Chine, époque Kien-lung, offrant des fong-hoangs au milieu d'arbustes et de haies en fleurs. L'épaulement présente une zone rouge cailloutée d'or interrompue par des réserves contenant des fleurs et des arbustes. Le col est orné d'un large lambrequin surmonté d'une étroite bordure de motifs réguliers dorés. Le couvercle est décoré comme le col et surmonté, en guise de bouton, d'un chien de Fô assis réservé en biscuit.

Hauteur totale des potiches, 1 m. 25.

Socles en bois doré à feuillages, coquilles et volutes.

Haut., 60 cent.

48 — Grand plat en ancienne porcelaine du Japon, décor bleu, rouge et or : animaux et fleurs.

Diam., 53 cent.

MINIATURE — BRONZES

49 — MINIATURE ovale sur ivoire par ***Hall***, non signée : portrait de jeune femme, à mi-corps, de face, vêtue d'une robe blanche et d'un corsage rouge. Elle est coiffée d'un chapeau de paille doublé de bleu. Cadre à réverbère en or et argent avec points d'émail blanc.

Grand diamètre, 75 millim.; petit diamètre, 67 millim.

Vente de Mme J. B. (18 février 1878).

50 — DEUX CANDÉLABRES à quatre lumières en bronze doré du temps de Louis XIV, à tiges à trois faces ornées de têtes d'amours. La base est décorée de lambrequins et d'entrelacs et les branches porte-lumières sont ornées de feuilles.

Haut., 42 cent.

51 — DEUX GRANDS FLAMBEAUX en bronze ciselé et doré, du temps de Louis XV. La tige et la douille sont composées de volutes, de feuilles, de cartouches et de rocailles ; la base contournée est décorée de trois compartiments, contenant un cartouche, un papillon et des rocailles, et séparés par des motifs en ressaut. Cette base repose sur trois petits pieds à rocailles.

Haut., 31 cent.

52 — Deux petits candélabres à deux lumières, en bronze doré du temps de Louis XV, figurant un arbuste placé sur une terrasse à rocailles ; sur ces terrasses se dressent deux statuettes en ancienne porcelaine de Saxe, représentant l'une, un jardinier, l'autre, la déesse Flore.

Haut., 21 cent.

53 — Deux candélabres à deux lumières, en bronze doré, du temps de Louis XV, formés chacun d'une tige contournée, supportant une douille à rocailles, et naissant d'une base à trois volutes sur laquelle est assis un enfant nu. Les branches porte-lumières se composent d'enroulements de feuillages et les plateaux et les douilles sont également ornés de feuilles.

Haut., 40 cent.

54 — Petite pendule à mouvement de montre, formée d'un éléphant en ancienne porcelaine de Saxe supportant le mouvement en bronze doré et debout sur une base de fleurs et coquillages également en bronze doré. Époque Louis XV.

Haut., 27 cent.

55 — Pendule à cadran tournant composée d'une sphère en bronze bleui, contenant le cadran, décorée de feuillages et couronnée d'un amour en bronze doré. Cette sphère est supportée par les figures des trois Grâces en

bronze à patine brune qui, debout, la soutiennent de leurs bras levés et en se faisant face. Des guirlandes de fleurs en bronze doré qu'elles tiennent également et qui viennent leur retomber sur les reins, complètent l'ornementation de la pièce. Base à trois faces en marbre blanc ornée de frises en bronze doré. Époque Louis XVI.

Haut., 73 cent.

56 — Paire de grands chenets, composés d'une galerie en bronze doré ornée de foudres et de moulures et surmontée à une extrémité d'une gerbe de flammes. L'autre extrémité est décorée de statuettes en bronze patiné, dites « le garde à vous », et son pendant, d'après Falconnet. Époque Louis XVI.

Haut., 43 cent.; larg., 56 cent.

57 — Paire de chenets en bronze doré, composés d'une galerie contournée, surmontée d'un côté d'une grenade enflammée et, de l'autre, d'une statuette d'enfant nu, assis sur des trophées et personnifiant la guerre. Époque Louis XVI.

Haut., 38 cent.; larg., 45 cent.

58 — Paire de chenets en bronze doré, à galeries ornées de feuilles de lauriers et surmontées chacune d'une pomme de pin et d'une brûle-parfums enguirlandé. Époque Louis XVI.

Haut., 43 cent.; larg. 44 cent.

59 — Deux candélabres à quatre lumières, formés chacun d'un vase en marbre de couleur, à anses mascarons, draperies et base en bronze doré, et avec bouquet de lumières à volutes, feuillages et chaînettes également en bronze doré. Époque Louis XVI.

Haut., 75 cent.

MEUBLES, SIÈGES

60 — Meuble d'entredeux à deux portes, en marqueterie de cuivre sur écaille à décor de rinceaux, avec garniture de bronzes dorés, tels que, appliques allégoriques des saisons, feuillages, rosaces, entrées de serrures, encadrements, etc. Époque Louis XIV.

Haut., 1 m. 50; larg., 1 m. 31

61 — Horloge à gaine, en marqueterie de cuivre et d'écaille sur étain, à rinceaux et oiseaux. Le mouvement est compris dans une cage flanquée de colonnettes et surmontée d'une galerie. Cadran signé : *Gribelin, à Paris.* Époque Louis XIV.

Haut., 2 m. 15.

62 — Grand fauteuil en bois sculpté à coquilles, palmettes et quadrillés, couvert en cuir. Époque Régence.

Larg., 70 cent.

63 — Horloge astronomique, plaquée de bois de violette à quadrillés et garnie de chutes. d'encadrements et d'un cul-de-lampe à décor de rocailles, fruits, oiseaux, etc., en bronze doré. Elle est munie de nombreux cadrans en bronze indiquant les heures, les signes du Zodiaque, les mois, les phases de la lune, etc. Avec la signature : *Inventé par A. Fortier.* Elle est surmontée d'une sphère armillaire en bois doré. Époque Louis XV.

Haut., 2 m. 90.

64 — Quatre fauteuils en bois sculpté, couverts en tapisserie du temps de Louis XV, à grosses fleurs, sur fond jaune et contrefond marron. Manchettes refaites.

Larg., 75 cent.

65 — Petite table de forme contournée en marqueterie de bois de couleur, à dessin de fleurs et de volutes sur le dessus, avec tablette mobile sur le devant et tiroirs sur les côtés. Chutes et sabots en bronze doré. Bordure de cuivre. Signée : *Feil.* Époque Louis XV.

Long., 76 cent.; larg., 46 cent.

66 — Petit bureau à dos d'âne en laque noire et or, à paysages de style chinois. Intérieur en marqueterie de bois de couleur; garniture de bronzes dorés à rocailles. Époque Louis XV.

Larg., 80 cent.

67 — Bureau bonheur-du-jour en laque, à paysages sur fond noir, garni de bronzes dorés, tels que : encadrements et rosaces. Il ferme à quatre portes, dont deux à glaces, et contient un tiroir. Époque Louis XVI.

Haut., 1 m. 15; larg., 62 cent.

68 — Commode en bois de placage, à trois rangs de tiroirs, garnie de bronzes dorés, tels que : encadrements, poignées, frises de rinceaux, chutes à attributs, etc. Tablette de marbre blanc. Époque Louis XVI.

Larg., 1 m. 30.

69 — Écran en bois sculpté et doré, avec feuille en tapisserie à fleurs sur fond crème et vert en partie du temps de Louis XVI.

Haut., 1 mètre; larg., 57 cent.

70 — Table rectangulaire en marqueterie de bois de couleur à quadrillés, avec tablette mobile sur le devant et tiroir contenant une écritoire sur le côté. Galerie et encadrements de cuivre. Signée : *Beneman*. Époque Louis XVI.

Long , 86 cent.; larg., 47 cent.

71 — Mobilier de salon en bois sculpté et laqué gris, à décor de rubans, feuillages et entrelacs, couvert en lampas à dessin blanc de pagodes, personnages chinois et animaux sur fond bleu pâle. Il se compose d'une chaise longue en deux parties, de deux bergères et de sept fauteuils. Époque Louis XVI.

Longueur de la chaise longue, 1 m. 95.

72 — Table triangulaire en bois sculpté et doré, à décor de rinceaux et sur trois pieds balustres carrés, feuillagés, reliés par un croisillon. Dessus de marbre vert de mer. XVIIIe siècle.

Larg., 84 cent.

73 — Quatre tabourets en bois sculpté et doré à rocailles, couverts en brocart à fond crème. XVIIIe siècle.

Larg., 45 cent.

74 — Marquise en bois sculpté et redoré à fleurs, couvert en brocart à fond crème. XVIIIe siècle.

Larg., 85 cent.

75 — Table en bois sculpté et doré, à décor de mascarons et rinceaux, avec croisillons d'entrejambes. Tablette de marbre de couleur.

Long., 1 m. 33; larg., 68 cent.

76 — Grande table rectangulaire en bois sculpté et doré, à coquilles, fleurs et palmettes, sur quatre pieds carrés, avec croisillon d'entrejambes. Tablette en mosaïque de marbre, lapis, albâtre, spath-fluor, etc., à motifs symétriques, fleurs, armes et instruments de musique.

Long., 1 m. 65; larg., 1 m. 05.

TAPISSERIES

Étoffes — Tapis

77 — Deux montants en tapisserie flamande du xviie siècle, à dessin de groupes d'enfants nus, de cariatides, d'oiseaux et de fruits.

Haut., 2 m. 62 ; larg., 55 cent.

78 — Trois montants d'entre-fenêtres en tapisserie de la manufacture royale de Beauvais, du temps de la Régence, présentant chacun sur fond marron des réserves à sujets mythologiques entourées de rinceaux avec quadrillés et mascarons en haut et en bas.

Haut., 3 mètres ; larg., 55 cent.

79 — Quatre lambrequins en tapisserie de la manufacture royale de Beauvais, du temps de Louis XVI, présentant chacun un large compartiment contenant des compositions allégoriques encadrées de moulures simulées et bordées de guirlandes de fleurs.

Haut., 48 cent.; larg., 1 m. 78.
Haut., 43 cent.; larg., 1 m. 62.
Haut., 43 cent.; larg., 1 m. 79.
Haut., 48 cent.; larg., 1 m. 90.

80 — Bandeau en tapisserie de la manufacture royale de Beauvais, du xviiie siècle, présentant une large feuille placée au centre de galons entrelacés, ornés de cabochons simulés et encadrant des pampres.

Haut., 50 cent.; larg., 3 mètres.

81 — Trois bandeaux variés en soie crème, avec applications de broderie d'argent et de soies de couleur du temps de la Régence, à dessin de fleurs et rinceaux. Bordures de franges.

Haut., 60 cent.; larg., 2 m. 35.

82 — Lot de nombreuses bandes de damas rouge à grands ramages du temps de la Régence.

Longueur totale, environ 112 mètres.

83 — Six rideaux et trois bandeaux en satin crème brodé à dessin de vases superposés, entourés de pampres. Époque Louis XVI.

Hauteur d'un rideau, 4 m. 30 ;
d'un lambrequin, 1 m. 20.

Largeur d'un rideau, 1 mètre ;
d'un lambrequin, 2 m. 30.

84 — Tapis en tissu de la Savonnerie, de la fin du XVIIIe siècle ou du commencement du XIXe siècle, présentant, au centre, une grande rosace à fleurs, palmettes et motifs symétriques. Cette rosace se trouve comprise dans un large décor rayonnant chargé de médaillons contenus dans des losanges, de rinceaux et de fleurons.

Long., 5 m. 80; larg., 5 mètres.

85 — Très grand tapis en tissu de la Savonnerie, présentant trois compartiments ; celui du centre offre le monogramme du roi sur fond bleu ; ceux des extrémités, une rosace au milieu de guirlandes de fleurs, de palmettes et de cartouches. Encadrement simulant des moulures.

Long., 9 m. 25 ; larg., 3 m. 40.

RED. :